AF189427

Ramona Vals

Lichterglanz

Eine kleine Geschichte fürs Herz …

Von Ramona Vals liegt bei BoD vor:
Fasnachtszauber

Bibliografische Information der Deutschen Nationalbibliothek:
Die Deutsche Nationalbibliothek verzeichnet diese Publikation in der Deutschen Nationalbibliografie; detaillierte bibliografische Daten sind im Internet über http://dnb.dnb.de abrufbar.

Illustration und Cover: **Ramona Vals**
Lektor: **St. Breton**

Herstellung und Verlag: BoD – Books on Demand, Norderstedt

ISBN: 978-3-7481-0163-5

Lichterglanz

Kapitel 1

Mike Egli fuhr seinen Computer runter. Es war früher Freitagnachmittag anfangs Dezember. Wie jeden Freitag wollte er auch heute seinen Sohn vom Kindergarten abholen.

Der Dreiundreissigjährige war Architekt, angestellt in einem Architekturbüro und arbeitete von Zuhause aus. Mike war es ein grosses Anliegen, vor Ort zu sein, wenn Lino jeweils vom Kindergarten heimkam. Er fand es so schlimm, wenn unbetreute Kinder, bei dem beide Elternteile arbeiteten, mit einem Schlüssel um den Hals in der Gegend herumlungerten. Doch für seine familiäre Situation hatte sein Vorgesetzter vollstes Verständnis. Deshalb war sein Büro zu Hause für seine Arbeit eingerichtet und bot auch Platz für Kundengespräche.

Mike schnürte seine halbhohen, gefütterten Schuhe, schlüpfte in die warme Winterjacke und schlang den Schal zweimal um den Hals. Zum Schluss legte er seine Umhängetasche quer über die linke Schulter. Dann verliess er seine Vierzimmer-Wohnung, die sich in einem Mehrfamilienhaus befand und schloss die Tür ab. Der Fussmarsch bis zum Kindergarten betrug nur eine

Viertelstunde. Draussen war es grau, trocken und eisig kalt. Er vergrub seine Hände tief in die Jackentaschen und machte sich auf den Weg. Der Spaziergang an der frischen Luft tat ihm gut und half herunterzukommen. Denn im Moment steckte er mitten in einem Einfamilienhaus-Projekt und die Bauherrschaft, ein gewisses Ehepaar Dagmar und Arnold Muggli, war ziemlich kompliziert und sehr anspruchsvoll. Dagmar wünschte sich die eine oder andere Wand farbig und unbedingt eine rustikale Küche, doch Arnold fand eine ganz moderne viel besser und die Wände würden auf jeden Fall weiss bleiben. Sie forderte hellgrüne Kacheln in den Nasszellen, er war damit nicht einverstanden. Frau Muggli bevorzugte in allen Räumen Parkett, doch Herr Muggli wollte überall Bodenplatten haben. Und, und, und … Mike konnte es drehen und wenden, wie er wollte, die beiden waren sich nie einig. Zum Glück war jetzt Wochenende und er konnte seine Arbeit bis Montag ruhen lassen.

Pünktlich um halb vier stürmten die vier- bis sechsjährigen Knirpse laut kreischend aus dem Gebäude und mitten drin, Lino Egli. Er wusste, dass sein Vater ihn jeweils am Freitagnachmittag abholte und hatte es deshalb jedes Mal sehr eilig. Mike schmunzelte, als der Kleine herangerannt kam. Die Jacke stand offen, bei den Schuhen hatte er links mit rechts verwechselt und seine wollene Mütze sass schief auf dem Kopf. Es schien auch so, als hätte die Zeit nicht mehr gereicht, um die Kindergartentasche schräg über die Schulter zu legen. Er zog sie schleppend hinter sich her. «Papa!» Mit strahlenden blauen Augen stürmte er in die offenen Arme seines Vaters. «Hallo Kumpel, was habt ihr heute gemacht?» «Frau Meier hat uns eine Geschichte erzählt …», sprudelte es aufgeregt aus dem Fünfjährigen heraus. Während Mike seinem Sohn half, die Schuhe korrekt anzuziehen, ihm anschliessend den Reissverschluss seiner Jacke zumachte und die Mütze zurechtrückte, plapperte Lino einfach drauflos. Er war ein aufgeweckter und sehr neugieriger Junge und hatte eine gute Beobachtungsgabe. Und langsam kam er in ein Alter, wo er gewisse Dinge zu realisieren und zu hinterfragen begann.

«… Eine kleine graue Maus wohnte in einem schwarzen und kalten Erdloch und hatte ganz viel Angst im Dunkeln», wiedergab Lino das Märchen und sah seinen Vater dabei todernst an. *«Als sie zitternd neben dem Eingang ihrer Wohnung sass, kam ein Igel vorbei und fragte, warum sie denn so zittere. «Ich fürchte mich so in der Dunkelheit und frieren tue ich auch», gab die Maus traurig zur Antwort. «Komm mit, bei mir ist es warm und behaglich», forderte der Igel sie freundlich auf. Dann trotteten sie gemeinsam zur Wohnung des*

Igels. Dort brannten viele Kerzen in verschiedenen Laternen und verbreiteten helles und warmes Licht. Die Maus fror bald nicht mehr und ihr wurde warm. Sie war sehr froh, dass sie den Igel getroffen hatte. «Danke, lieber Igel. Jetzt geht es mir schon viel besser.» «Das freut mich. Bleib so lange du willst. Ich freue mich über deine Gesellschaft. Denn ich bin ganz alleine und sehne mich nach einem Freund ...»

«Das ist aber eine tolle Geschichte», pflichtete Mike seinem Sohn bei. Dieser nickte heftig und fasste die Hand seines Vaters. Sie machten sich gemütlich auf den Heimweg. Es begann bereits zu dämmern. Auf einmal blieb Lino stehen. «Papa?» «Ja?» «Ich will zu Hause eine Laterne basteln.» «Warum?», erkundigte sich sein Vater verdutzt. «Es wird doch jetzt so früh dunkel und es gibt so viele Tiere, die sich dann sicher fürchten», erklärte der Kleine, sich sorgend. «Deshalb möchtest du ihnen ein Licht schenken?», fragte Mike liebevoll. «Ja!» Linos Augen funkelten aufgeregt. «Dann machen wir das», bestimmte sein Vater lächelnd. «In der Küche steht ein leeres Honigglas. Wir machen nun einen kleinen Umweg und laufen zur Papeterie, wo es Bastelsachen gibt.» «Echt?», versicherte sich Lino und schaute prüfend nach oben in das Gesicht seines Vaters. Mike nickte schmunzelnd. «Juhuu!!» Aufgeregt hüpfte der Junge neben ihm her.

Ein paar Minuten später trug Lino voller Stolz ein Pack mit farbigen Strasssteinchen zur Kasse, die er sich aus dem Bastelregal hatte aussuchen dürfen. Mike legte noch eine Tube UHU-Alleskleber dazu und bezahlte beides. Nachdem er sein Portemonnaie und die beiden Artikel in seine Umhängetasche verstaut hatte, verliessen die beiden den Laden. Jetzt konnte es Lino nicht mehr schnell genug gehen, um nach Hause zu kommen.

Auf dem grossen Esstisch im Wohnzimmer breiteten sie eine alte Zeitung als Schutz aus, krempelten die Ärmel ihrer Pullover hoch und begannen mit ihrer Bastelarbeit. Hoch konzentriert klebte der Fünfjährige Stein für Stein auf das leere Honigglas. Sein Vater assistierte mit der Leimtube. «Papa, ich glaube, jetzt sind wir fertig», verkündete der kleine Junge eine Weile später, als er keinen Platz mehr für ein weiteres Strasssteinchen fand. «Diese kleine Laterne ist wunderschön geworden», lobte Mike ihn lächelnd und wuschelte seinem Sohn zärtlich durch das blonde Haar. Er stand auf und holte eine Teekerze aus dem Wandschrank in der Diele. «Wo willst du es denn hinstellen?», fragte er. Lino überlegte angestrengt. «Auf unserem Balkontisch?», schlug er nach einer Weile vor. *Die Idee ist ja nicht schlecht. Aber ich befürchte, dass die Kerze wegen der Kälte vermutlich nicht bren-*

nen wird, dachte er bei sich. «Du darfst es hier auf das Fenstersims stellen», machte Mike den Gegenvorschlag. «Warum nicht draussen?», wollte der Junge wissen. «Es ist zu kalt und die Kerze wird nicht brennen», erklärte sein Papa geduldig. «Aber, können die Tiere das Licht da auch sehen?» wollte Lino ängstlich wissen. «Ganz bestimmt», versicherte sein Vater ernsthaft. Der Junge schien beruhigt. «Ok! Darf ich die Kerze anzünden?», fragte er voller Eifer. «Ja, aber sei vorsichtig!» Einen Moment später begutachteten die beiden Eglis ihr gelungenes Kunstwerk und strahlten über das ganze Gesicht.

Während der Vater sich ums Abendbrot kümmerte, malte der Sohn, die Zunge im Mundwinkel, eifrig an einem Bild. Als Mike den Tisch deckte und dem Kleinen über die Schultern sah, konnte er sich ein Grinsen nicht verkneifen. Lino hatte versucht, die Geschichte, welche die Kindergärtnerin heute Nachmittag erzählt hatte, bildlich umzusetzen. Die angeblich violette Maus besass drei Ohren und einen unendlich langen Schwanz. Und das andere unförmige Strichmännchen sollte wohl den Igel darstellen. Daneben hatte sein Sohn eine Kerze gezeichnet, die hellgrün leuchtete. *Diese Geschichte muss ihm unheimlich Eindruck gemacht haben,* grübelte Mike nachdenklich. *Ich glaube, langsam ist er soweit, dass ich ihm von seiner Mutter erzählen kann.*

«Wir können essen. Bitte leg deine Malsachen weg, Lino!», forderte der Vater seinen Sohn auf. «Jaaa, ich bin sowieso fertig. Sieh mal Papa!» Mike betrachtete die Zeichnung. «Super hast du das gemacht!» «Darf ich sie an meinem Schrank aufhängen?», verlangte der Kleine. «Klar!» Nachdem die beiden ihre heisse Suppe ausgelöffelt und das Brot zu Ende gegessen hatten, schauten sie noch eine halbe Stunde zusammen fern. Dann war es Zeit für den Fünfjährigen, ins Bett zu gehen. Er zog seinen Pyjama an, putzte sich die Zähne und schlüpfte unter die Decke. Mike setzte sich auf den Bettrand und las ihm noch ein Kapitel aus einem Globibuch vor. Lino fand den ulkigen blauen Vogel mit der schwarz-weiss-karierten Hose sehr faszinierend und konnte nicht genug von dessen Abenteuern hören. Mike aktivierte das Kindernachtlicht, in dem er es in die Steckdose steckte, deckte den Jungen fürsorglich zu und küsste ihn auf die Stirn. «Schlaf gut!» «Tschüss Papa!» Der Kleine hielt seinen kleinen Teddy ganz fest an die Brust gedrückt und schloss die Augen. Der Vater verliess leise das Kinderzimmer und drehte sich bei der Tür nochmals um. Sein Sohn atmete regelmässig und schien bereits eingeschlafen zu sein.

Kapitel 2

Die Milch und das Brot waren ausgegangen. Deshalb beschloss Mike, am Samstagmorgen in der Bäckerei Müller beim Dorfplatz zu frühstücken und anschliessend den Wocheneinkauf zu erledigen. Mit Lino an der Hand betrat er das Geschäft, wo sich im hinteren Bereich auch gleich das Café befand. Es duftete köstlich nach frischem Brot und leckeren Backwaren. «Guten Morgen», begrüsste die dreissigjährige Esther Müller die beiden freundlich. Man kannte sich vom Sehen. Die Gemeinde war klein und überschaubar. Esther war die Tochter des Geschäftsinhabers und arbeitete seit Abschluss ihrer Berufsausbildung zur Bäckerin/Konditorin hier im elterlichen Betrieb. Seit man bei ihr aber eine Mehlallergie festgestellt hatte, konnte sie leider in der Backstube nicht mehr mithelfen. Doch als Geschäftsführerin für den Laden- und Cafébetrieb war sie unentbehrlich geworden. Und als ihr Verlobter sie vor ein paar Monaten knallhart durch eine andere ersetzt und praktisch vor dem Traualter hatte stehen lassen, lebte und arbeitete sie eigentlich nur noch in diesen Räumlichkeiten.

Mit klopfendem Herzen schaute sie dem attraktiven, dunkelhaarigen, jungen und grossgewachsenen Mann mit den wunderschönen, dunkelbraunen Augen hinterher. Er kam fast jeden zweiten Tag in den Laden, um frisches Brot zu kaufen. Manchmal war er auch in Begleitung dieses süssen kleinen Jungen. Soviel sie wusste, war er Witwer und hatte seine schwerkranke Frau vor vier Jahren verloren. Seither hatte man ihn nie mehr in weiblicher Gesellschaft gesehen. Ausser mit seiner Schwester, die ebenfalls mit ihrer Familie in dieser kleinen Stadt lebte.

Mike und Lino setzten sich an einen Zweiertisch und gaben ihre Bestellung auf. Um die Zeit zu überbrücken, bis ihr Essen kam, breitete der Fünfjährige seine Malsachen aus. Diese Tätigkeit war im Moment seine grösste Leidenschaft. Mike vertiefte sich in die aktuelle Tageszeitung.

Die beiden tüchtigen Verkäuferinnen im Laden kamen alleine klar und benötigten zur Zeit Esthers Hilfe nicht. Deshalb liess sie es sich nicht nehmen, den Service beim Tisch der Familie Egli selbst zu übernehmen. «Zweimal das kleine Frühstück?», erkundigte sie sich dienstpflichtig und mit einem kleinen Schmunzeln auf den Lippen. «Ja genau», antwortete Mike und schenkte ihr ein warmes Lächeln. Dann faltete er die Zeitung zusammen und schob Linos Malsachen bei Seite. Sein Sohn kniete auf der Eckbank und nahm erfreut den Becher mit der heissen Schokolade entgegen. Nachdem Esther Müller zwei Gläser Orangensaft, Mikes Cappuccino, einen

Korb mit frischen Brötchen und einen Teller mit Butter-, Konfitüren- und Honigportionen auf dem Tisch abgestellt hatte, wünschte sie einen guten Appetit und huschte wieder davon. Mike strich seinem Sohn ein Honigbrot und schnitt es auf seinem Teller in mundgerechte Stücke. Für die nächsten Minuten war Lino beschäftigt und Mike konnte sich auch seinem Frühstück widmen.

Vor vielen Jahren, als er Sabine an der Uni kennenlernte und sie dann ein Paar wurden, hatten sie oft in diesem Café gesessen, um Kaffee zu trinken und um sich zu unterhalten. Dabei hatten sie Händchen gehalten und sich immer wieder geküsst. Oder sie hatten sich ein Stück Kuchen geteilt und sich gegenseitig gefüttert. Sie waren damals so verliebt ... Sabine war eine hübsche, aufgestellte Frau gewesen und hatte blondgelocktes Haar und wunderschöne, blaue Augen gehabt. So wie Lino, er war seiner Mutter genau aus dem Gesicht geschnitten. Ach, wenn sie nur ihren gemeinsamen Sohn sehen könnte, Sabine wäre so stolz. Mikes Herz wurde schwer. Er vermisste seine geliebte Sabine immer noch, obwohl sie schon vier Jahre tot war.

Lino hob mit beiden Händen den Becher mit seiner heissen Schokolade an den Mund und trank einen Schluck. Dann stopfte er das letzte

Stück Brot in den Mund. «Papa, streichst du mir noch ein Honigbrot?», verlangte der Kleine mit vollem Mund und holte so seinen Vater aus den trüben Gedanken. Sichtlich erfreut über den gesunden Appetit seines Sohnes bestrich er erneut ein Brötchen mit Butter und Honig und schnitt es in kleine Stücke. Danach biss auch er in ein knuspriges Brötchen und spülte es mit seinem Kaffee herunter.

Das Café füllte sich allmählich und die Tische waren gut besetzt. Der Nebentisch wurde von der Familie Neubauer in Beschlag genommen. Das jüngere der beiden Kinder ging mit Lino in den Kindergarten. «Hallo Pascal», rief Lino fröhlich und winkte seinem Freund aufgeregt zu. Dieser winkte verlegen zurück. Mike drehte sich um. «Guten Morgen zusammen.» Man kannte sich aus der Nachbarschaft und von den Elternabenden. Die Erwachsenen machten Smalltalk und redeten ein paar Minuten miteinander. Dann widmete sich jede Familie wieder seinen eigenen Interessen.

«Papa, warum hat Pascal eine Mama und ich nicht?» Der traurige Blick seines Sohnes liess Mikes Herz bluten. Mit dieser Frage hatte er schon irgendwann gerechnet, aber nicht einfach so und aus dem Nichts heraus. Er hatte sich schon öfter Gedanken darüber gemacht, wie er die schreckliche Krebskrankheit und Sabines Tod seinem Sohn erklären sollte.

«Wir werden deine Mama heute besuchen», vertröstete er Lino auf später und hoffte, dass der Kleine im Moment nicht weiterbohrte. Sein Gefühl sagte ihm, dass das Café nicht der richtige Ort war, um ihm diese Geschichte zu erzählen. Lino nickte ergeben und leerte sein Saftglas. Auch Mike war satt. Er winkte der Bedienung, weil er bezahlen wollte. Nachdem er mit Esther Müller abgerechnet hatte, packten sie ihre Siebensachen zusammen, wünschten der Familie Neubauer ein schönes Wochenende, kauften vorne im Laden einen frischen Sonntagszopf und verliessen das Geschäft. Das nächste Ziel war der grosse Supermarkt, wo Mike und Lino Egli ihren Wocheneinkauf tätigten.

Kapitel 3

Nach einem kleinen Imbiss und dem Mittags-
schlaf, den Lino manchmal noch brauchte, zogen
sich Vater und Sohn warm an, um einen langen
Spaziergang zu unternehmen. Draussen war es
grau und kalt, und man wusste nicht so recht, ob
es bald zu schneien anfangen würde. «Papa, besuchen wir Isaak?», bettelte Lino aufgedreht.
«Du meinst den Esel beim Bauernhof?», versicherte sich Mike grinsend. «Jaa!» «Also gut, dein
Wunsch ist mir Befehl.» Während Lino gutge-
launt auf dem Feldweg neben ihm hermarschier-
te, grübelte Mike darüber nach, wie er das wich-
tige und sehr schwierige Thema anpacken sollte,
wenn sie nachher noch auf den Friedhof gingen,
um Sabine zu besuchen. Lino wusste zwar, dass
die Frau auf dem Foto, welches auf Papas Nachttisch stand, seine Mutter war. Aber bisher hatte
er nie so richtig Interesse an ihr gezeigt und Nä-
heres über sie wissen wollen. Das schien sich
aktuell zu ändern.

Der Bauernhof, der sich etwas ausserhalb der
kleinen Stadt befand, kam in Sicht. Mike und Lino
kamen öfters hierher, weil es viele Tiere gab, die
man besuchen konnte. Hühner, Katzen, Kühe,
Enten, der niedliche Bernhardinerhund Astor und
natürlich Isaak der Esel. Der Fünfjährige rannte
voraus, als er das Gehege entdeckt hatte, wo das

Grautier graste. Der Kleine kletterte auf den ersten Querbalken der hölzernen Abzäunung. «Hallo Isaak, wie geht's dir?» Der Esel schaute auf und kaute unbeteiligt weiter. Mike hielt seinen Sohn fest, damit er nicht herunterfiel. Dann bemerkten die beiden plötzlich, dass Isaak Gesellschaft hatte. Etwas entfernt befanden sich noch ein ausgewachsener Esel und ein ganz kleiner, der ganz zittrig auf seinen dünnen Beinen stand. «Papa, ist das dort hinten ein Eselbaby?», fragte Lino leise und seine blauen Augen leuchteten aufgeregt. «Ich glaube schon», antwortete sein Vater. «Es scheint so, als wäre Isaak Papa geworden. Und der andere Esel dort muss die Mutter sein.» «Wow!» Lino war beeindruckt.

Doch sofort huschte ein dunkler Schatten über sein kleines Gesicht und eine Träne kullerte ihm über die Wange. «Papa, warum habe ich keine Mama? Warum gibt es nur dich und mich?», stellte er mit weinerlicher Stimme erneut die Frage. Mike setzte ihn auf den oberen Rand der hölzernen Abzäunung, platzierte seine Hände links und rechts neben seiner Hüfte und versuchte krampfhaft, den dicken Kloss in seinem Hals herunterzuschlucken. Vater und Sohn befanden sich nun auf Augenhöhe und der Kleine hielt sich an den starken Schultern seines Papas fest.

Mike holte tief Luft. «Deine Mama und ich hatten uns ganz fest lieb. Auf einmal bekam sie einen ganz dicken Bauch, weil du nämlich da drin warst. Und dann hat sie dich geboren und wir waren sehr glücklich, ein gesundes Baby im Arm zu halten.» Linos Augen wurden ganz gross und blickten ihn verwundert an. Mike schmunzelte. «He, du warst auch mal ganz klein und hast an der Brust deiner Mama genuckelt und die Windeln vollgemacht», erzählte er schmunzelnd. «Echt?», wollte Lino unschuldig wissen und grinste verschmitzt. «Aber sicher doch!» Mike konzentrierte sich wieder auf seine nicht so ganz einfache Aufgabe und fuhr fort. «Wir gingen mit dir spazieren, wir badeten, fütterten und wickelten dich und hatten dich ganz fest lieb. Doch dann bekam deine Mama immer wieder starke Kopfschmerzen und wurde davon ganz fest krank.» «Wurde sie wieder gesund?», erkundigte sich der Fünfjährige hoffnungsvoll. Sein Vater schüttelte den Kopf. «Nein, leider nicht. Irgendwann war ihr Herz so müde, dass es nicht mehr weiterschlagen wollte. Und dann ist deine Mama einfach eingeschlafen und nicht mehr aufgewacht.» Mike versuchte krampfhaft, die erneut aufkeimende Trauer niederzukämpfen. Sein Herz zog sich schmerzhaft zusammen. Sabine war seine erste und bisher einzige grosse Liebe gewesen. Dass er sie für immer verloren hatte, tat noch immer sehr weh. Seine Augen glänzten verdächtig nach ungeweinten Tränen. «Und dann ist sie zum lieben Gott in den Himmel gegangen ...» Mike schluckte hart und schaffte es nicht, die Tränen zurückzuhalten. «Papa, warum bist du so traurig?», fragte Lino erschrocken und kuschelte sich an den Hals seines Vaters. «Ist es, weil sie dich alleine auf der Welt zurückgelassen hat?», versuchte er mit kindlicher Logik zu kombinieren. «Ja genau. Weisst du, deine Mama fehlt mir unglaublich und ich vermisse sie immer noch sehr», erklärte Mike mit brüchiger Stimme. Linos Beschützerinstinkt erwachte. «Du hast ja noch mich! Ich passe auf dich auf», versprach er todernst und mit Indianerehrenwort. Trotz seines Kummers konnte Mike sich ein Schmunzeln nicht verkneifen. Er liebte seinen Sohn über alles und würde alles für ihn tun, damit es ihm gut ging.

«Willst du den anderen Tieren auch noch hallo sagen?», lenkte Mike auf ein anderes Thema. «Oh ja! Papa, hilf mir da runter», verlangte Lino unternehmungslustig. Die Füsse wieder auf festem Boden, schob er seine kleine Hand in die seines Vaters und zog diesen zum Ententeich. «Mist», entfuhr es dem Fünfjährigen, «wir haben kein altes Brot mitgebracht!» Enttäuscht suchte er den Blick seines Papas, der ihn verdutzt anschaute. *Wo hat er wohl dieses Fluchwort aufge-*

20

schnappt? «Das macht nichts. Ich denke, der Bauer gibt den Enten ganz sicher etwas zu futtern. Aber wir versuchen, das nächste Mal daran zu denken, ja?» Lino nickte. «Ok!» Als sie sich dem Hund näherten, begann Astor voller Freude zu bellen und wie wild mit dem Schwanz zu wedeln. Vorsichtig näherten sich Vater und Sohn dem Bernhardiner, um ihn zu streicheln. «Hallo Astor, geht's dir gut?», erkundigte sich Lino lachend, als der Vierbeiner vor lauter Freude ihn abschlecken und fast überrennen wollte. Mike ging in die Hocke, um Lino Rückendeckung zu geben. Denn der Hund war praktisch gleich gross wie sein Sohn. Dann stand er wieder auf und zog den Kleinen weg. «Komm Lino, gehen wir weiter. Den Hühnern und den Katzen ist es zu kalt hier draussen. Die haben sich vermutlich an ein warmes Plätzchen verkrochen.»

«Gehen wir jetzt nach Hause?», wollte Lino irgendwann wissen. Sie waren wieder Richtung ihrer Wohngemeinde unterwegs. «Nicht direkt. Möchtest du mit mir noch deine Mama auf dem Friedhof besuchen?», fragte Mike vorsichtig. Lino blieb abrupt stehen. «Aber, du hast doch gesagt, sie ist im Himmel beim lieben Gott!» Linos Blick hätte nicht verwirrter sein können. «Das stimmt! Auf dem Friedhof hat man ihren Körper beerdigt, damit man sie dort besuchen kann. Aber ihre Seele ist jetzt ein Schutzengel und sie sitzt irgendwo da oben auf einer Wolke und schaut zu uns herunter, um uns zu beschützen.» Linos grosse, erstaunte Augen folgten der Hand seines Vaters, als er gegen den Himmel zeigte. Mike konnte fast sehen, wie es hinter der Stirn seines Sohnes arbeitete. *Hoffentlich habe ich ihn nicht überfordert. Dieses Thema ist ganz schön schwer für einen Fünfjährigen.*

Es war später Nachmittag und es begann bereits einzudunkeln. Die beiden waren bei der Dorfkirche angekommen und betraten den Friedhof. Auf vielen Gräbern brannten Grabkerzen. Lino fand es etwas gruselig an diesem Ort und fasste ängstlich und mit klopfendem Herzen nach der Hand seines Vaters. «Papa», flüsterte er, «warum brennen hier überall Kerzen?» «Damit die verstorbenen Menschen, die hier begraben sind, sich in der Dunkelheit nicht fürchten», erklärte Mike leise. Er führte seinen Sohn zu einem kleinen Urnengrab, auf dem ein schönes Wintergesteck thronte. Daneben stand dasselbe Foto wie zu Hause auf Mikes Nachttisch. *«Ruhe in Frieden, Sabine Egli-Winterhalder»* war auf dem schlichten Grabstein eingraviert. Lino erkannte es sofort. «Schläft Mama hier?», flüsterte er ehrfürchtig. «Ja genau. Willst du mir helfen, die Kerze anzuzünden?» Mike hatte eine Neue aus seiner Umhängetasche gefischt, weil die Alte abgebrannt war. Gemeinsam brachten sie die Kerze zum Erleuchten und schlossen vorsichtig wieder die Tür der kleinen Laterne. Er hob seinen Sohn hoch, der sich sofort mit den Armen um seinen Hals festklammerte. Inzwischen war es dunkel geworden und der Himmel hatte sich aufgeklart. Die ersten Sterne erschienen am Himmelszelt.

«Papa, aber wenn Mama doch schläft, warum braucht sie dann Licht?» Lino sah noch immer nicht so richtig klar. «Schau mal zum Himmel», forderte Mike seinen Sohn auf. «Siehst du diesen grossen Stern dort?» Lino blickte konzentriert nach oben und nickte dann heftig. «Ich glaube, dass ist deine Mama. Wir haben die Kerze angezündet, damit sie uns hier unten auf der Erde finden und deshalb auch beschützen kann.» «Wow», meinte Lino beeindruckt. «Aber», überlegte der Fünfjährige laut, «findet sie uns auch, wenn es regnet und es ganz viele Wolken am Himmel hat?» «Ja klar», versicherte ihm sein Vater beruhigend. «Deine Mama ist immer und jederzeit bei uns. Hier drin.» Mike legte seine Hand auf das Herz seines Sohnes. «Wirklich?» «Mmmmh.» «Das finde ich schön», bekundete der Kleine feierlich. «Lino, ich habe eine Idee. Magst du deine Laterne, welche du gestern gebastelt hast, das nächste Mal hierherbringen? Wir müssten nur im Deckel ein Loch machen, damit die Kerze Luft zum Atmen hat.» «Oh ja, bitte Papa! Ich möchte für Mama ein Licht hinstellen, damit sie mich ganz bestimmt findet», verkündete der Junge aufgeregt. «Gut, abgemacht!» Die beiden schlugen die Handinnenflächen gegeneinander.

Mike atmete erleichtert aus. Der Einstieg in dieses schwierige Thema war geschafft. Lino hatte jetzt einen Weg gefunden, um auf seine ganz eigene Art, eine Verbindung zu seiner Mutter herzustellen, obwohl er sich nicht an sie erinnern konnte. Falls Lino in ein paar Jahren das Bedürfnis haben sollte, mehr über seine Mutter zu erfahren, konnte Mike ihm immer noch genauere Details liefern. Hand in Hand machten sie sich auf den Heimweg. Lino blieb immer wieder stehen und schaute kontrollierend zum Himmel. «Schau Papa, Mama begleitet uns nach Hause. Der Stern zeigt uns den Weg.» Seine Augen leuchteten glücklich. Mike wurde es warm ums Herz. Solange es seinem Sohn gutging, fühlte er sich auch gut.

Mike vermisste Sabine noch immer und würde vermutlich sein Leben lang um seine geliebte Ehefrau trauern. Aber, er war auch nur ein Mann. In letzter Zeit erwischte er sich immer wieder beim Gedanken, dass er sich nach einer neuen, lieben und hübschen Partnerin sehnte. Er vermisste die aufregenden Gefühle, die körperliche Nähe und die intimen Gespräche, die man nur mit einer Frau teilen konnte. Nach vier Jahren Witwerdasein war es an der Zeit, Sabine loszulassen. Ob sie was dagegen hätte, wenn er sein Herz für eine neue Liebe öffnen würde? Verdammt, er war erst dreiunddreissig und definitiv zu jung, um alleine alt zu werden ...

Kapitel 4

Am Montag brachte Lino ganz aufgeregt einen Flyer vom Kindergarten mit nach Hause. «Papa, wir basteln nächsten Freitag ein Lebkuchenhäuschen. Und du darfst mir dabei helfen. Du kommst doch, oder?» Während der Kleine ihn sehnsüchtig ansah, las Mike völlig überrumpelt zuerst das Schreiben. Die nötigen Zutaten würden von der Bäckerei Müller gesponsert und für einen kleinen Imbiss am Mittag, inklusive Kaffee und Tee, sei gesorgt.

«Liebe Eltern, dieser Anlass gäbe mir die Möglichkeit, mich mit Ihnen in einer ungezwungenen Atmosphäre zu unterhalten und auch auszutauschen. Nutzen Sie die Gelegenheit und begleiten Sie Ihre Kinder. Diese werden es Ihnen nie vergessen.

Ich freue mich auf Sie, herzliche Grüsse, Ihre Kindergärtnerin Elke Meier.»

Noch immer sah Lino seinen Vater erwartungsvoll und mit einem niedlichen Hundeblick an. Mike grinste und wuschelte ihm liebevoll durchs Haar. Er würde am Donnerstag, wenn der Kleine im Bett war, noch etwas länger arbeiten und sich dafür den ganzen Freitag frei nehmen. Alles eine Sache der Organisation. Einerseits würde er seinem Sohn eine Freude bereiten und auf der anderen Seite hätte er wieder einmal die Möglichkeit, mit anderen Menschen ins Gespräch zu kommen. «Ja, ich komme», verkündete Mike schmunzelnd und lachte schallend, als Lino ihm stürmisch um den Hals fiel. Vater und Sohn waren so aufeinander fixiert und so tief miteinander verbunden, dass es beiden guttat, sich mal unters Volk zu mischen.

***

Es schneite, als die beiden Eglis am Freitagmorgen, um 9.00 Uhr beim Kindergarten eintrafen. Der Lieferwagen der Bäckerei Müller stand bereits vor der Tür. Esther Müller war gerade dabei, diesen auszuladen. Nachdem Mike die Kindergärtnerin und die restlichen Eltern und Kinder begrüsst und Lino Anschluss bei seinen Freunden gefunden hatte, half er ihr, die schweren Kisten in den Klassenraum zu tragen. Dabei musterte er sie interessiert. Die Geschäftsführerin der Bäckerei Müller war schlank, für eine Frau recht gross, hatte braunes langes Haar, das zu einem Pferdeschwanz zusammengebunden war und wunderschöne, grüne Augen mit dunklen langen Wimpern. Sie trug Jeans und eine Holzfällerbluse locker aussen herab und bequeme Winterschuhe. Schon bald stellte er fest, dass sie zupacken konnte und keine Arbeit ihr zu viel war.

Zudem hatte sie eine warme und herzliche Ausstrahlung und schien sehr unkompliziert.

Esther konnte ihr Glück kaum fassen, dass dieser gutaussehende Mann heute auch da war. Sie schwärmte schon länger für diesen Herr Egli, doch er hatte sie bisher kaum wahrgenommen, wenn er jeweils die Bäckerei betrat. Vielleicht ergab sich heute eine Gelegenheit, mit ihm ins Gespräch zu kommen. Zudem fand sie seinen kleinen Sohn sehr süss und wollte ihn unbedingt kennenlernen.

Wie jeden Morgen sassen die Kindergärtler mit ihrer Lehrerin erstmal im Kreis und begrüssten den neuen Tag mit einem Lied. Die Mütter und Väter standen im Hintergrund und beobachteten das Geschehen mit einem gewissen Stolz. Dann erklärte Elke Meier das heutige Programm und wie alles von statten gehen sollte. Erst musste die Bastel-Backstube eingerichtet werden, wobei die Eltern tatkräftig mithalfen. Auf einem Tisch wurden diverse Zutaten zur Gestaltung aufgereiht. Mangels Infrastruktur im Kindergarten hatte die Bäckerei Müller die nackten Lebkuchenhäuschen bereits vorproduziert. Die Kinder brauchten diese nur noch mit Weihnachtsplätzchen, Smarties und anderen Backdekorationen zu verschönern und mit Zuckerguss anzukleben.

Diesen hatte die Bäckerei ebenfalls vorbereitet und in praktische Spritzsäckchen abgefüllt.

Dann konnte es losgehen. Die Kinder holten sich ihre Siebensachen und machten sich mit Hilfe ihrer Mamis und Papis voller Eifer an die Arbeit. Auch die Eglis hatten sich ein Lebkuchenhaus gesichert und die von Lino ausgewählten Zutaten mit an ihren Platz gebracht. Der Junior übernahm die Bauleitung und der Vater unterstützte ihn mit dem Zuckerguss-Kleber. Die Ärmel seines roten Kapuzenpullovers bis zu den Ellbogen hochgeschoben und mit der Zunge im Mundwinkel arbeitete Lino hochkonzentriert. Zwischendurch sah Mike sich immer wieder amüsiert im Raum um, um zu beobachten, was andere Familien so produzierten. Der Geräuschpegel war hoch und nicht immer waren sich Kinder und Eltern einig, was die Gestaltung des Lebkuchenhauses anging. «Papa, ich möchte hier einen Kamin machen, weiss aber nicht wie», jammerte Lino plötzlich und sah seinen Vater ratlos an. Mike schnappte sich zwei längliche Haselnussplätzchen und befestigte diese mit dem Zuckerguss auf dem schrägen Dach. «Toll!» Der Fünfjährige klatschte begeistert in seine Hände. «Und hier will ich noch eine Tür haben!», verlangte er selbstbewusst. Für ein paar Minuten war Mikes Konzentration ganz bei der Gestaltung dieses Kunstwerks gefragt. *Wenn es bei meiner*

Arbeit auch so einfach ginge, hätten die Mugglis ihr Haus längst gebaut, ging es ihm so durch den Kopf. Dieses schrullige Ehepaar hatte ihm diese Woche wieder alles abgefordert und die Planung kam trotzdem nur stockend voran.

«Lino, ich hole mir kurz einen Kaffee. Willst du einen Tee haben?» Dieser schüttelte den Kopf. «Nö.» Mike stand auf und schlenderte zum reichhaltigen Buffet. Hier gab es frische Früchte, viele selbstgebackene Kuchen, ein Korb voller Brötchen, mehrere Teller mit Canapés, Käse- und Trockenfleischplatten, Chips, diverse kalte Getränke, einen mit Tee gefüllten Warmhaltekrug und auch eine kleine Nespresso-Kaffeemaschine. Mike wählte eine Kapsel aus, steckte sie in die Maschine, schloss den Schieber, stellte einen Becher darunter und drückte auf den Startknopf. Während das gutduftende Getränk in den Becher lief, schnappte er sich einen Pappteller und füllte diesen mit ein paar Happen der unzähligen Köstlichkeiten dieses reichhaltigen Buffets. Schlussendlich goss er noch ein wenig Milch in seinen Kaffee. Er wollte gerade zu seinem Sohn zurückgehen, als Pascals Mutter, Frau Neubauer, ans Buffet kam und sich einen Becher mit Tee holte. Während sie den Zucker darin umrührte, verwickelte sie Mike in ein Gespräch.

Eine Viertelstunde später fand er Lino weinend an seinem Platz vor. Esther Müller sass bei ihm und versuchte ihn zu trösten. «Was ist geschehen?», erkundigte sich Mike gelassen, stellte seinen Kaffee und den gefüllten Teller ab und nahm seinen Jungen in die Arme. «Der dunkelhaarige Junge dort drüben hat ihm die ganze Packung Smarties geklaut. Ihr Sohn hat sich zwar gewehrt, aber der andere ist viel grösser und stärker und hat ihm einfach eine geschmiert. Ich konnte das Ganze nur von weitem beobachten und kam leider zu spät», gestand Frau Müller leicht zerknirscht. «Es tut mir leid», schob sie kleinlaut noch nach. «Ach, machen Sie sich deshalb keinen Stress», meinte Mike grinsend. «Solche Situationen kommen immer wieder vor. Allerdings, ohrfeigen geht gar nicht.» Er schaute besorgt zu diesem Knaben rüber und beobachtete erleichtert, wie seine Mutter ihm zu erklären versuchte, dass man nicht einfach zuschlagen durfte. Sie nahm ihn an die Hand und brachte ihn zu Mikes Tisch. «So Beni, jetzt entschuldigst du dich bei Lino und gibst ihm seine Smarties zurück!», verlangte sie streng. Dieser sträubte sich. Doch dann warf er die Verpackung achtlos auf den Tisch. «Tschuldigung!» Verlegen betrachtete der Junge seine Füsse. «Geht doch», rühmte ihn seine Mutter und lächelte zurückhaltend. Dann trottete das Zweiergespann wieder davon.

Lino hatte sich wieder beruhigt und schnappte sich ein Stück Kuchen vom Teller. «Danke fürs

Trösten.» Mike schenkte Esther Müller ein herzliches Lächeln. «Darf ich Sie als Gegenleistung zu einem Kaffee einladen?», fragte er galant und der Schalk lachte aus seinen braunen Augen. Esther schmolz dahin. «Den werde ich mir selber holen, wenn ich mich nachher wieder zu Ihnen setzen darf?», forderte sie ihn neckend heraus. «Aber sicher doch!» Vater und Sohn waren wieder mit dem Knusperhäuschenbau beschäftigt, als Esther zurückkehrte. «Das wird ja immer schöner», lobte sie und trank einen Schluck von ihrem Kaffee. «Weisst du, mein Papa ist Architekt und versteht etwas vom Häuserbauen», prahlte Lino stolz und strahlte sie an. «Wirklich?», vergewisserte sie sich verschwörerisch. Der Kleine nickte heftig. «Lino, du darfst nicht einfach Du zu Frau Müller sagen!», tadelte Mike seinen Sohn ernst. «Warum nicht?», verschwörte sich Esther jetzt auch noch gegen ihn. «Wir sollten auch nicht so förmlich sein. Ich bin Esther», übernahm sie sofort die Initiative und streckte ihm ihre Hand hin. Dabei strahlten ihre grünen Augen eine dermassen grosse Wärme aus, dass es reichte, um Mikes Herz zu erwärmen. «Mike», verkündete er lachend seinen Vornamen und fasste ihre kalte Hand. Sie schauten sich in die Augen und die gegenseitige Sympathie schwabte gleich über. Lino hatte diese Episode verwundert beobachtet. Er mochte die Frau Müller und anscheinend sein Papa auch. Das konnte noch spannend werden ...

Kapitel 5

Am nächsten Morgen betraten Mike und Lino die Bäckerei Müller, um frisches Brot zu kaufen. Mike nahm seinen Sohn auf den Arm, damit er über die Theke sehen konnte. «Guten Morgen zusammen», begrüsste Esther die beiden strahlend. «Habt ihr das Knusperhäuschen gestern heil nach Hause gebracht?», erkundigte sie sich lachend. Es hatte den ganzen Tag geschneit und der Gehweg war deshalb sehr rutschig gewesen. «Ja und es hat nun einen Ehrenplatz auf unserem Sideboard», sprudelte es aus dem Fünfjährigen heraus. Die Erwachsenen schmunzelten. «Was hättet ihr denn gern?», fragte sie diensteifrig. «Einen Butterzopf bitte!», gab Mike seine Bestellung auf. Esther packte diesen in eine Papiertüte und drückte Lino eine weiche Semmel in die Hand. «Magst du das?», wollte sie augenzwinkernd wissen. Der Junge nickte verlegen. «Was sagt man?», fragte der Vater streng. «Danke!» Mike setzte seinen Sohn wieder auf dem Boden ab und bezahlte. «Wann hast du heute Feierabend?», hörte er sich plötzlich fragen und errötete. Ihm war blitzschnell eine Idee durch den Kopf gegangen. «Um fünf. Warum?» Ihr Herz schlug augenblicklich doppelt so schnell. «Magst du Raclette?» Hoffnungsvoll sah er sie an und die Lachfalten um seine Augen vertieften sich. «Und wie!» Esther war plötzlich ganz nervös. Wurde sie jetzt tatsächlich zu einem Date mit zwei reizvollen Männern eingeladen ...? «Papa, kommt Esther zu uns zum Abendbrot?», fragte Lino aufgeregt. Viel Besuch hatten sie nämlich nicht und von Frauen schon gar nicht. «Wenn sie zusagt, dann schon!», erwiderte Mike grinsend und die Grübchen in seinen Wangen vertieften sich. *Heiliger Strohsack, ist dieser Typ attraktiv!* «Würdet ihr euch denn freuen, wenn ich aufkreuze?», wollte Esther bestätigt haben. «Ja!», antworteten die beiden Eglis einstimmig. Sie errötete verlegen. «Was kann ich mitbringen? Vielleicht etwas zum Dessert?» «Sehr gerne. Den Rest werden wir besorgen», bestätige Mike aufgedreht. Er hatte schon ewig kein Date mehr gehabt und freute sich auf den heutigen Abend. «Jetzt müsst ihr mir nur noch verraten, wo ich euch finden kann», meinte Esther lächelnd. «Ach ja, unsere Adresse. Hast du etwas zum Schreiben?», verlangte Mike verlegen und kritzelte den Strassennamen, die Hausnummer und für alle Fälle die Telefonnummer auf den Zettel, den sie ihm gegeben hatte. «Besucherparkplätze gibst direkt vor dem Haus», informierte er sie.

Der Laden füllte sich immer mehr mit neuen Kunden. Mike und Lino mussten den Platz vor der Verkaufstheke freigeben. «Also, bis heute Abend», verabschiedete sie sich von den beiden.

«Ich freue mich!» «Tschüss!», rief Lino laut und winkte ihr grinsend zum Abschied zu. «Ciao, bis später!» Mikes Lächeln war so süss, dass Esther weiche Knie bekam. Sie mochte diese beiden Egli-Männer jetzt schon sehr und war echt gespannt, wie der Abend verlaufen würde.

***

Vater und Sohn hatten nun eine Menge zu organisieren und vorzubereiten. Nach der Bäckerei fuhren sie zum Supermarkt und machten Grosseinkauf. Da Mike die Einladung zum Raclette ganz spontan ausgesprochen hatte, musste er sich nun Schritt für Schritt überlegen, was er alles dazu benötigte. Denn diese Sachen standen nicht auf dem Einkaufszettel. Am Schluss war der Einkaufswagen ziemlich voll und sie brachten zwei dickgefüllte Einkaufstaschen nach Hause. Nachdem sie alles ausgepackt hatten, half Lino beim Tischdecken. Vorsichtig brachte er die Teller, dann das Besteck und schliesslich die Gläser zum Esstisch. Mike arrangierte das Ganze und stellte den Racletteofen mitten auf den Tisch. Dann versuchte er, die Servietten nett zu drapieren und stellte schlussendlich bei Esther und sich ein Weinglas dazu. Er füllte die Kartoffeln in die Pfanne, goss Wasser dazu und setzte den Deckel darauf. Später musste er nur noch die Herdplatte einschalten und die Kartoffeln weichkochen. Der Raclettekäse hatte er auf eine Platte gelegt und mit einer Klarsichtfolie zugedeckt in den Kühlschrank verfrachtet. Auch die restlichen Zutaten standen bereit und konnten auf den Tisch gestellt werden.

Mittlerweile war es früher Abend und es hatte wieder zu schneien angefangen. Es wurde düster im Wohnzimmer. Mike schaltete die Ständerlampe beim Sofa an. «Papa, wir müssen noch die Kerzen anzünden», forderte Lino aufmerksam. Verdutzt bemerkte sein Vater, wie sein fünfjähriger Sohn auf einmal die Logik vertrat, dass ein Kerzenlicht die Dunkelheit und die Kälte vertreiben konnte. Mike war stolz, dass sein Junge das schon begriffen hatte. Da muss er in den letzten Tagen eine Menge dazugelernt haben.

Er verschwand kurz ins Badezimmer, um sich frisch zu machen und dann klingelte es auch schon an der Tür. So nervös war er lange nicht mehr gewesen. Frauenbesuch bekamen sie nur aus der Verwandtschaft. Eigentlich war er Single und ein freier Mann. Und im Moment extrem aufgeregt. Doch dann wurde ihm auch bewusst, dass es ihn nur noch als Doppelpack geben würde. Ohne seinen Sohn würde er sich auf keine neue Beziehung einlassen.

Kapitel 6

Esther stand strahlend vor der Tür, als Mike ihr öffnete, und sein Herz klopfte ihm bis zum Hals, als er sie in die Wohnung bat. Lino hatte für sie ein Bild gemalt und übergab es ihr voller Stolz. «Danke Lino. Das hast du toll gemacht», lobte sie ihn lächelnd und eroberte damit sogleich sein Herz. Mike nahm ihr den Mantel ab und hängte diesen an die Garderobe. «Hier noch das Dessert. Am besten stellst du es auf den Balkon. Dort hat man jetzt einen Gratiskühlschrank.» «Herzlichen Dank!», freute sich Mike und tat, wie geheissen. «Bitte komm doch rein», forderte er sie galant auf und führte sie ins Wohnzimmer. «Nimmst du einen Aperitif bis die Kartoffeln weich sind?», erkundigte er sich. «Ja gern!» Mike verschwand in die Küche und kam mit einer Flasche Weisswein und Knabberzeugs wieder zurück. Dann schenkte er zwei Gläser ein. Lino hatte sich auf den Salontisch eingerichtet und malte weltvergessen. Esther und Mike stiessen zusammen an. «Prost!»

Sie waren beide etwas befangen und redeten erst nur über allgemeine Dinge wie das Wetter, das Weltgeschehen oder was so in ihrer kleinen Stadt passierte. Dann waren die kleinen Kartoffeln durchgekocht und sie setzten sich an den Tisch. «Weisst du Esther, du musst nun den Käse in dieses kleine Pfännchen legen und es dann in den Racletteofen schieben», erklärte Lino altklug und demonstrierte es ihr vor. Mike und Esther sahen sich an und schmunzelten vergnügt. Sie machte es ihm nach und tat so, als hätte sie noch nie Raclette gegessen. «Ist das korrekt so?», erkundigte sie sich scheinheilig. Der Junge nickte eifrig. «Und dann muss ich den Käse, wenn er flüssig ist, über die kleingeschnittenen Kartoffeln auf meinem Teller giessen?», fragte sie weiter. «Ja!» Lino strahlte und war sehr zufrieden. Esther begriff aber schnell! Die Erwachsenen hatten ihre vollen Weingläser mitgenommen und stiessen nochmals an. Auch mit Lino, der seinen Becher mit Wasser mit beiden Händen festhielt. Es war eine fröhliche Runde und die drei unterhielten sich bestens. Esther fühlte sich in der Gesellschaft von Mike sehr wohl und den kleinen Lino hatte sie sowieso schon in ihr Herz geschlossen. Sie fühlte sich zum Vater hingezogen, fand ihn sehr attraktiv und sympathisch und hoffte, ihn noch besser kennenzulernen.

Auch Mike entspannte sich immer mehr und genoss das Zusammensein mit dieser hübschen und sehr sympathischen jungen Frau. Sie war eine interessante Person, man konnte gut und über alles mit ihr reden und sie hatte eindeutig Humor. Ihr fröhliches Lachen war ansteckend und tat unheimlich gut. So einen schönen Abend hatte er lange nicht mehr gehabt. Als sie alle satt waren, räumten sie den Tisch ab und säuberten die Küche. Während Esther das Dessert vom Balkon holte, machte Mike Kaffee und für seinen Sohn, zur Feier des Tages, eine heisse Schokolade. Genüsslich schlemmerten die drei ihre Nachspeise. Bevor Lino ins Bett musste, spielten sie mit ihm noch eine Runde Memory. Aufgedreht legte er immer wieder gleiche Bilderpaare auf und am Schluss freute er sich diebisch, weil er mehr aufgedeckt hatte als die anderen. «So Kumpel, ab ins Bett!», orderte sein Vater etwas später. «Aber Esther muss mir noch eine Globi Geschichte vorlesen», verlangte der Kleine bestimmt. Mike sah sie fragend an und sie nickte lächelnd. «Also gut, aber zuerst Pyjama anziehen und die Zähne putzen!» Lino trottete davon.

***

Mike und Esther machten es sich auf dem Sofa wieder bequem. Er hatte die Weingläser erneut gefüllt. «Ich bewundere dich, Mike. Du machst das super mit Lino», verkündete sie beeindruckt. «Du hast ihn bestens im Griff und er ist gut erzogen. Ich kann mir vorstellen, dass die letzten Jahre nicht immer so einfach für dich waren.» Er setzte sein Glas an die Lippen und nippte an seinem Wein. «Na ja, man wächst halt so rein», milderte er seine private Lebenssituation bescheiden ab. «Es gab natürlich schon Zeiten, wo ich manchmal nicht mehr weiterwusste und fast verzweifelte. Ich habe damals viel Zeit bei meiner kranken Frau im Spital verbracht. Manchmal hatte ich meinen Laptop dabei, damit ich dort arbeiten konnte. Das kostete mich schon enorm viel Kraft. Da war aber auch noch Lino, unser Baby, das erst ein paar Monate alt war und auch versorgt werden wollte. Ohne die Unterstützung aus dem familiären Umfeld hätte ich das aber nie geschafft. Ihnen gebührt ein ganz grosses Dankeschön.»

Sein nachdenklicher Blick wanderte in die Ferne. Einen Moment war es ganz still im Raum, weil jeder seinen eigenen Gedanken nachhing. Dann nahm Mike den Faden wieder auf. «Als Sabine dann nicht mehr konnte und den Kampf gegen den Krebs verlor, brach für mich eine Welt zusammen. Einerseits war ich so erleichtert, dass sie von ihren unheimlichen Leiden und den grauenhaften Schmerzen erlöst wurde. Doch ihr Tod bedeutete den endgültigen Abschied und war unwiderruflich. Ich fiel in ein schwarzes Loch und haderte mit dem Schicksal. Warum ausgerechnet Sabine? Sie war noch keine dreissig, sonst immer gesund gewesen, ein positivdenkender und sehr aufgestellter Mensch und voller Zukunftsideen. Sie hatte doch niemandem etwas zu Leide getan! Doch, auf der anderen Seite hatte ich ein Kind, für das ich stark sein musste und raffte mich dann wieder auf. Lino hat mir extrem geholfen, über den Verlust und die Trauer hinwegzukommen. Er brachte wieder Sinn in mein Leben und ich spürte, dass ich gebraucht wurde.» Esther hatte ihm aufmerksam zugehört und versuchte, den dicken Kloss in ihrem Hals herunterzuschlucken. Mikes Geschichte hatte sie sehr erschüttert und betroffen gemacht. «Es tut mir alles so leid!», bekundete sie leise und schenkte ihm ein warmes Lächeln. «Danke.» Verlegen senkte er den Blick. «Ich mag deinen Sohn. Er ist richtig süss», gestand sie ihm grinsend. «Ja, er ist ein aufgewecktes und sehr neugieriges Kind und erfreut sich an den einfachsten Dingen. Der sieht einfach alles, und wenn es noch so mickrig ist. Manchmal, wenn wir zu Fuss unterwegs sind, kommen wir einfach nicht vorwärts, weil er die Schnecken, die Käfer und die Ameisen beobachten muss.» Mike verdrehte lachend die Augen. Esther schmunzelte verschmitzt.

«Wie kommt er mit dem Tod seiner Mutter zurecht?», fragte sie leise. Mike schluckte hart und holte tief Luft. «Gestern vor einer Woche waren wir draussen beim Bauernhof und haben den Esel Isaak besucht. Dieser war Vater geworden und im Gehege gab es nebst ihm und seiner Partnerin auch ein Eselbaby. Da fragte Lino zum ersten Mal mit Tränen in den Augen, warum er keine Mami habe und es nur ihn und mich gebe.

Ich habe dann versucht, ihm auf eine kindliche Art von seiner Mutter, ihrer Krankheit und ihrem Tod zu erzählen und dass sie nun im Himmel beim lieben Gott sei. Später waren wir dann noch auf dem Friedhof, um Sabine zu besuchen, als es bereits zu dunkeln begann. Wir zündeten eine neue Kerze in der Laterne an und er reagierte ganz verwundert. Wenn doch seine Mama hier schlafe, brauche sie doch gar kein Licht, meinte er. Zum Glück klarte dann der Himmel auf und man konnte die Sterne sehen. Dann erklärte ich ihm, dass seine Mutter da oben zu uns herunter leuchte, um uns von dort zu beschützen. Und wir hätten die Kerze angezündet, damit sie uns hier auf der Erde finden könne. Doch seine Mama sei immer bei ihm, nämlich hier und ich legte ihm die Hand auf sein Herz. Er sah mich dann ganz feierlich und mit grossen Augen an.» Mike hielt inne und trank einen Schluck. Seine Stimme klang belegt. «Jetzt hat er plötzlich auf seine ganz eigene Art eine Verbindung zu seiner Mutter hergestellt und hat begriffen, dass man mit dem Licht einer Kerze Wärme erzeugen und damit die Kälte und die Dunkelheit durchbrechen kann. Diese Laterne dort auf dem Fenstersims hat er gebastelt, weil er sich grosse Sorgen machte, dass die armen Tiere draussen in der Kälte frieren würden und Angst in der Dunkelheit hätten. Er wollte ihnen ein Licht schenken …»

Esther war sehr gerührt und wischte sich eine Träne aus den Augen. Lino musste man einfach gernhaben. Und seinen Vater ebenfalls. Mike gefiel ihr immer besser, sowohl optisch wie auch als Mann mit seinen inneren Werten. Sie mochte ihn immer mehr. Und sie bewunderte ihn als Vater. Man spürte die Liebe und die innige Verbundenheit zu seinem Sohn.

Später erzählte sie auch aus ihrem Leben und von ihrem Exfreund, der sie einfach sitzengelassen hatte. Esther und Mike redeten die halbe Nacht und es wurde spät. Zum Abschied gaben sie sich einen Gute-Nacht-Kuss auf die Wangen und verabredeten sich für einen Winterspaziergang am Sonntagnachmittag. Die Bäckerei Müller hatte geschlossen und Esther somit frei. Als Mike unter seine Bettdecke schlüpfte, war er dermassen aufgewühlt, dass er keine Ruhe fand und lange nicht einschlafen konnte.

Kapitel 7

Nach einer gefühlten Stunde Schlaf wurde er von einem fünfjährigen Quälgeist gnadenlos geweckt. «Papa, es hat geschneit. Gehen wir einen Schneemann bauen?», bettelte Lino aufgeregt. Stöhnend zog Mike die Decke über den Kopf. *Muss das sein? Warum kann er mich nicht einmal in Ruhe lassen?* Immer noch im Pyjama, barfuss und mit verwuscheltem Haar klettere der kleine Junge auf das Bett und suchte seinen Vater unter der Decke. «Papa? Bitte wach auf, es ist schon fast hell!» Als Mike kurz auf seinen Radiowecker linste, zeigte die Uhr gerade mal 06:34 an. Viel zu früh, um an einem Sonntagmorgen aufzustehen. «Lino, es ist noch mitten in der Nacht. Komm, leg dich noch ein bisschen zu mir. Ich will jetzt noch nicht aufstehen!» «Aber …» «Bitte! Schlaf noch eine Runde mit mir! Später werden wir dann einen Schneemann bauen. Aber jetzt noch nicht.» Mike schloss wieder die Augen. Lino hatte begriffen, dass im Moment nichts zu holen war und kuschelte sich an die Brust seines Papas unter der warmen Decke.

***

Ein paar Stunden später holte Esther die beiden für einen Spaziergang im Schnee ab. Die Erwachsenen begrüssten sich mit drei Küsschen auf die Wange, was Lino fasziniert beobachtete.

Sie nahmen den hölzernen Davoser Schlitten mit und machten einen kleinen Umweg zum Friedhof. Voller Stolz trug Lino seine selbstgebastelte Laterne durch den Schnee. Sein Vater hatte wie versprochen im Aludeckel noch ein Loch gebohrt, um die Sauerstoffzufuhr zu gewährleisten. Esther blieb diskret ein paar Schritte zurück. Das war jetzt eine familieninterne Angelegenheit. Als Mike und Lino bei Sabines Grab ankamen, geriet der Fünfjährige in Panik. «Papa, das ist ja alles zugeschneit. Mama friert doch schrecklich!» Er war kaum zu beruhigen. Sein Vater ging in die Hocke und nahm ihn tröstend in die Arme. «Psst Lino, hab keine Angst. Genau deshalb sind wir doch hier. Du darfst jetzt die Kerze für deine Mama anzünden und dein Glas dorthin stellen. Und dann pass mal auf, was geschieht.» Als die Kerze brannte und der Deckel montiert war, stellte der Junge seine selbstgebastelte Laterne auf das Urnengrab. Und schon bald schmolz der Schnee rund um das Glas. Verblüfft beobachtete er den Vorgang. «Papa, was passiert hier?», fragte er verdutzt. «Die Kerze produziert Wärme und deshalb schmilzt der Schnee», erklärte Mike geduldig. «Und du meinst, Mama muss jetzt nicht mehr frieren?», wollte Lino versichert haben. «Nein, ganz bestimmt nicht mehr!» Der Junge war sichtlich erleichtert. Ein paar Minuten später wanderten die beiden Eglis und Esther durch die weisse Märchenlandschaft auf eine kleine Anhöhe. Von dort hatten sie eine atemberaubende Aussicht auf die Umgebung und die kleine Stadt, wo sie lebten. Abwechslungsweise sausten Esther oder Mike mit dem vor Freude kreischenden Lino den Hügel herunter. Mit grossem Gelächter lieferten sie sich danach eine wilde Schneeballschlacht, die damit endete, dass Esther ausrutschte und sich an Mike festhalten wollte, um Halt zu finden. Dieser war nicht gefasst und liess sich mitreissen. Sie landete rücklings im Neuschnee und Mike halb auf ihr drauf. Geschockt und völlig atemlos schauten sie sich in die Augen. Ihre Herzen schlugen wie wild gegen ihre Rippen. Es knisterte in der Luft und die Welt blieb für einen Moment stehen. Gerade, als Mike Esther küssen wollte, kniete sich der Junge neben die beiden hin. «Papa, was machst du da …?»

Im Garten ihres Wohnhauses bauten sie einen grossen, dicken Schneemann. Lino arbeitete wie verrückt mit der kleinen Schaufel und durfte am Schluss eine lange Karottennase einstecken und einen alten Schlapphut auf den Kopf setzen. Mit Steinen gestalteten sie die Augen und den Mund und ein uralter Schal wurde um den Hals gewickelt. Dann traten die drei ein paar Schritte zurück und begutachteten strahlend ihr Werk. Lino war ganz aus dem Häuschen. «Papa, der ist wunderschön geworden!», rief er aufgedreht. Mike nahm ihn hoch und hielt ihn fest. «Ja, da hast du recht. Willst du ihm noch einen Namen geben?» «Otto!», schlug der Junge spontan vor. «Warum nicht!», meinte Mike dann grinsend.

Sie gingen hoch in die Wohnung, denn langsam kroch die Kälte durch ihre Glieder. Während Mike eine grosse Kanne heissen Tee kochte, stellte Esther einen Rosenkuchen, den sie von der Bäckerei mitgebracht hatte, auf den Tisch und schnitt ihn in Stücke. Mit grossem Appetit liessen sie es sich schmecken. Irgendwann vertiefte sich Lino wieder in seine Malarbeit, während die Erwachsenen zusammen plauderten. «Papa schau mal, ich bin fertig!» Der Junge kletterte auf dessen Schoss und zeigte ihm und Esther seine Zeichnung. «Dann erzähl uns mal, was du da gemalt hast», forderte sie den Kleinen auf. «Das da ist Papa», erläuterte er und zeigte auf einen grünen unförmigen Schneemann. Daneben war eine violette Strichmännchen-Schneefrau abgebildet. «Das bis du Esther», erklärte Lino eifrig weiter. «Und das da bist du?», wollte Mike wissen und meinte den kleinen orangen Schneemann neben dem violetten. Sein Sohn nickte. «Und wer ist das da oben?», erkundigte sich Esther leise. Es war eine Kombination aus einem Schneemann und einem Strichmännchen-Engel mit Flügeln, der ganz in Gelb strahlte. Lino schaute sie ganz feierlich an. «Das ist Mama. Weisst du, sie ist jetzt mein Schutzengel! Und Papa hat gesagt, dass sie immer bei mir ist, hier drin.» Mit strahlenden Augen legte er die Hand auf sein Herz. Esther konnte ihre Tränen kaum zurückhalten und Mike kämpfte ebenfalls mit seiner Fassung. Sein Sohn sah die drei hier anwesenden Personen im warmen Wohnzimmer schon als Familie und seine wirkliche Mutter gehörte einfach als Schutzengel mit dazu.

Vielleicht sollte ich mir von Lino ein Beispiel nehmen und mein Herz für Esther öffnen. Sie ist ein wunderbarer Mensch und ich mag sie sehr. Es soll aber nichts überstürzt werden. Aber, vielleicht könnte aus uns wirklich ein Paar werden …

ENDE

Wort der Autorin

Der Inhalt der Geschichte und die darin vorkommenden Figuren sind fiktiv und frei erfunden. Falls es Übereinstimmungen mit verstorbenen und auch noch lebenden Personen geben sollte, ist das reiner Zufall. Dann bitte ich vielmals um Entschuldigung.

Ramona Vals, 1968 in Basel geboren, zog 1970 mit ihren Eltern in die Innerschweiz und wuchs dort zusammen mit drei jüngeren Brüdern auf. Sie ist verheiratet und lebt mit ihrem Mann in der Innerschweiz. Als gelernte Verkäuferin wechselte sie schon bald in den kaufmännischen Bereich und arbeitet heute als Sachbearbeiterin in einer Buchhaltung. Nebst verschiedenen Hobbys wie dem Musizieren und dem Lesen hat sie nun auch das Schreiben entdeckt. «Lichterglanz» ist nach dem «Fasnachtszauber» ihre erste Kurzgeschichte.